南(みなみ)の島(しま)の願(ねが)いごとパール

原作 ポーラ・ハリソン

企画・構成 チーム151E☆

学研

今回は、南の島で出会った イルカの赤ちゃんを すくうお話……！

リッディングランド王国の
ユリア姫
明るく、相手の
気持ちをさっして
思いやれる

ウンダラ王国の
ルル姫
運動神経ばつぐんで
いつもだいたん
活発

オニカ王国の
ジャミンタ姫
ジュエル（宝石）
づくりが得意で
落ちついている

そのほかの登場人物

アリー

ユリア姫の
おつきの女性

オラフ王子

さわやかで
社交的

サミュエル王子

意地悪で
動物がきらい

ティア女王

エンパリ島を
おさめている

トルーディ王妃

サミュエル王子の
お母さま

かわいくて
なんでもできて
きらきらしてる

お友(とも)だちと いるとね

自分だけが

おいてけぼり
みたいな
せつない
気持ちになるの。

Ampali
エンパリ

南(みなみ)の島(しま)の願(ねが)いごとパール

南の島の願いごとパール

もくじ

1 南の島のお城で

ビーチにならぶヤシの木が、さわやかな風にそよぎました。

ターコイズブルーの海が、朝の日ざしに、きらきらかがやいています。

その海とおなじくらい美しいブルーのひとみをした女の子が、白いお城のバルコニーへ、すがたをみせました。

ウィンテリア王国の王女さま、クララベル姫です。

ここは、おとぎの世界にある、南の海のエンパリ島。

クララベル姫は国の代表として、お父さまとお母さま……ウィンテリア王国の王さまと王妃さまといっしょに、島をおとずれていました。

ロイヤル・レガッタという、船のレース大会を観戦するのが目的です。

雪におおわれた寒い国で生まれそだったクララベル姫は、あたたかくてのんびりとした、この南国リゾートにとまるのが大好きでした。


中庭へおりると、ん？　向こうから、パタパタと走る音がきこえてきます。

ふいに、だれかに手をひっぱられて……気づけばヤシの木の下に。

「クララベル姫！
おひさしぶりね」
春の舞踏会で出会って、
親しくなった
王女さまたちです！
ウィンテリア王国の
クララベル姫
オニカ王国の
ジャミンタ姫

ウンダラ王国のルル姫
リッディングランド王国のユリア姫

かしこくて大人びたジャミンタ姫に、前向きでいつも気持ちをわかってくれるユリア姫、そして、元気で行動力ばつぐんのルル姫。

三人は、クララベル姫にはじめてできた、王女さまのお友だちでした。

それぞれの国の代表として、両親とともに、この島へまねかれていたのです。

会いたかったお友だちの笑顔に、クララベル姫の心ははずみます。


「みんな、そわそわして、どうかしたの？」

なんだか三人の様子がおかしいのです。

すると、ジャミンタ姫がお城のほうをみながら、ささやきました。

「……サミュエル王子をおぼえてる？　わたしたち、彼からかくれているのよ」

そういえば春の舞踏会のとき、ユリア姫がだいじなマントをお庭へおきわすれたのを大人たちにいいつけた、意地の悪い王子さまがいたことを思いだします。

「彼ね、わたしたちをさがすように、トルーディ王妃から命令されているの」

トルーディ王妃というのは、王子のお母さまです。

「王妃は、わたしたちに、お城の中で作業をさせたいみたい。女の子はビーチではしゃぐより、室内でおとなしくしているべき、って思いこんでいるんだわ」

ルル姫が「古い考えかたね」とうんざりしたようにかたをすくめたとき……、ドスドスと足音がして、向こうからサミュエル王子がやってくるのがみえました。

「母上（ははうえ）！　中庭（なかにわ）にはみあたりませんよ」

どうやらいいつけどおり、王女（おうじょ）さまたちをさがしているようです。

四人（よにん）は、しぃっと口（くち）に指（ゆび）をあて、息（いき）をひそめました。

サミュエル王子（おうじ）は、母親（ははおや）のいいつけがめんどうなのか、ふきげんそうにほおをふくらませ、しげみのかげを、うたがいぶかくのぞきながら、近（ちか）づいてきます。

（どうか、みつかりませんように……！）

ドキドキしながら様子（ようす）をうかがっていたクララベル姫（ひめ）は、気（き）がつきました。

（あら？　あれは何（なに）かしら……？）

ズボンのポケットから、ぼろぼろの紙のようなものがのぞいています。
りっぱな衣しょうを着た王子の持ちものにしては、ちょっと不自然です。
やがて王子は立ちどまり、おもむろに、お城のほうをうかがいました。

リープランド王国のサミュエル王子

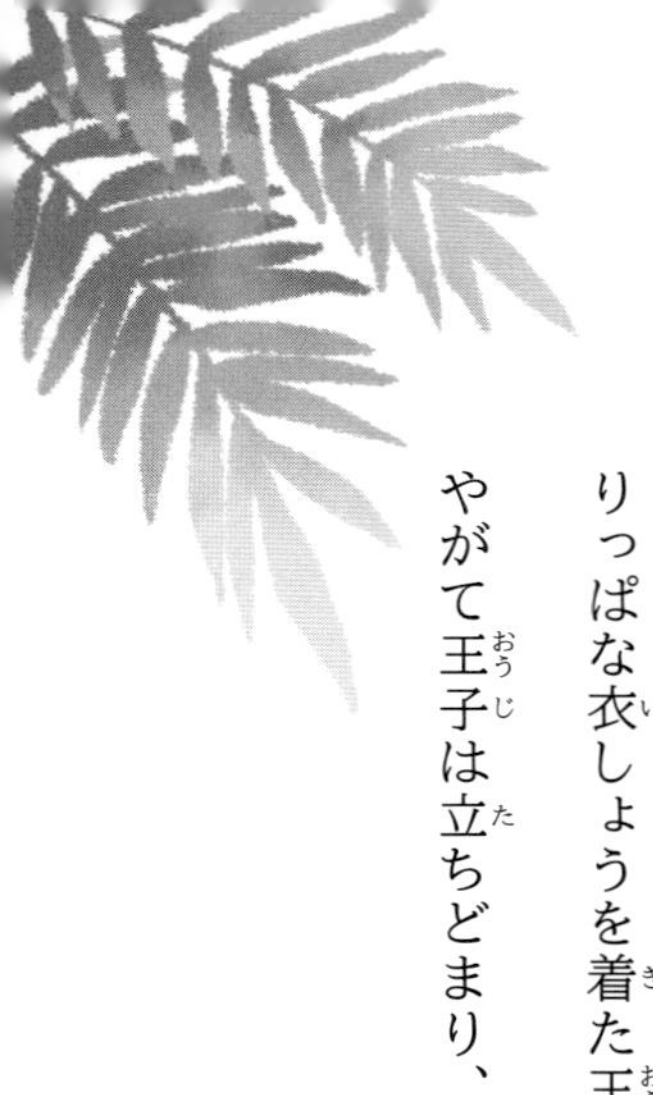

(……なんだか、トルーディ王妃にみられていないか、気にしているみたい？)

まじめそうだったサミュエル王子は、急にずるそうな顔つきにかわりました。

だれにもみられていないと思ったのか、ポケットの紙を出し、広げます。

太陽にかざすと、紙は古く、ふちが黄ばんですりきれているのがわかりました。

あれは何かしら？　と王女さまたちが目くばせしあっていると……、

バサバサ　バサ！

どこからか青いオウムが、王子の頭の上へ、勢いよくとんできたのです。

うっひゃああああああっ

なさけない悲鳴をあげた王子は、にげるようにお城のほうへ走っていきました。

「オウムにあんなにおびえるなんてね」「もしかして、動物がきらいなのかしら」

とにかく、サミュエル王子からかくれることには、成功したようです。

「さあ、今のうちに、トルーディ王妃にみつからない場所へ、移動しましょう」

クララベル姫は、ルル姫たちにつづいて立ちあがりました。

黄色いハイビスカスが満開の小道を走って、ちいさな門を出ると……ほら！

目のまえに、金色にかがやくビーチが、ぱあっと広がりました。

向こうの港には、レース大会に参加するため、世界二十か国から集まった船がならび、青い空に色とりどりのセール（帆）をはためかせています。

波うちぎわを走る四人のまわりに、水しぶきがあがりました。

何か月かぶりの〝お友だちとすごす時間〟が、うれしくてうれしくて……。

まさかこの海で、たいへんな事件が起きるなんて、このときのクララベル姫は夢にも思っていなかったのです。

2 ひみつの活動

　クララベル姫たちは、ビーチのそばにある森をめざしました。

　ユリア姫が、何かいいものをみせてくれるというのです。

　いつのまにか、まえを走る三人とのきょりがおおきくひらいていて、クララベル姫は一生けんめいおいかけます。

「実はね、森にロープをかくしておいたの。ティアラ会の練習をしない？」

クララベル姫の頭に、この三人と出会った春のできごとが、よみがえりました……。舞踏会のおこなわれたお城の近くの森で、わなにかかったシカの赤ちゃんをみつけ、魔法のジュエル（宝石）を使って助けたのです。

　友情のきずなで結ばれた王女さまたちは、これから先も、こまったことがあったらわかちあうこと、悲しいめにあっている動物がいたら力をつくして守ることを、約束しました。

そして、両親たちにはないしょの活動
『ティアラ会』が結成されたのです。

木にのぼるのが得意な王女さま、ルル姫が
高いところまであがって、太い枝にしっかりとロープをくくりつけています。
「はじめは、ロープでスイングして、なるべく遠くまでとぶ練習よ。冒険のとき、
川やがけ、おおきな穴をとびこえるのに、そなえなくちゃね！」
ルル姫はかんたんそうにいいますが……。
クララベル姫は、ほかのふたりの反応を、そうっとうかがいました。

（どうしよう……みんな、やる気満まんだ）

ひざがふるえるのを、必死でおさえます。

実はクララベル姫は、高いところや、体を動かすことは、あまり自信がありません。

ウィンテリア王国の王女さまとして、大切に育てられてきたので、にが手なことがあっても、こまりはしなかったし、練習する機会もありませんでした。

でも、もりあがっている三人に、どうしてそのことをいえるでしょう。

最初はルル姫がお手本……ロープにつかまって勢いよく枝からとびおりると、

くるっと宙がえりをして、着地します。

「ニ・・・ンジャみたいでかっこいいわ！」

パチパチとはく手をおくったジャミンタ姫が、次にロープをにぎり、じょうずにスイングしてとびおりました。

（すごい！　ふたりとも完ぺきに成功するなんて……）

王女さまたちがうまくこなすので、あせる気持ちが高まります。

三番めのユリア姫も、軽やかにスイングして、ジャンプを決めてみせました。

「思ったより、かんたんよ。クララベル姫もがんばって！」

いちおう、うなずいたものの……もう頭は真っ白、むねはドキドキして、体の中でチョウがとんでいるように落ちつきません。

（とにかく、わたしだけ失敗するなんて、ゆるされないわ……）

クララベル姫は深呼吸をすると、思いきって、枝から足をうかせました。

スイングして、下の地面が二、三秒ゆれたように感じた……次のしゅんかん、あろうことかドッスンと、おしりから落ちてしまったのです！

「クララベル姫！　けがはない？」

ユリア姫が心配そうにかけよってきて、立ちあがるのを手伝ってくれました。

「ありがとう……。
ちょっとバランスを、くずしただけよ」

強がって、平気をよそおってみたけれど、言葉はしぼんでいきます。
はずかしさと悲しさがこみあげてきて、顔が真っ赤になるのがわかりました。

「じゃあ、バランスをとる練習をしましょう。あのたおれた丸太をわたるのよ」

ジャミンタ姫の提案に、みんなははりきって丸太のほうへ走っていきます。

おなかがいたくなりそうなほど、きんちょうしているのはクララベル姫だけ。

「最初にやりたい人は、いる？」

ルル姫の元気な声に、クララベル姫は息をすいこんで、進みでました。


「わたしが、いくわ！」


ここでなんとか、めいよばんかいしようと考えたのです。

両手を広げ一歩一歩、しんちょうに足を出すのですが……ぐらぐらして。

またしてもショックなことに、すべって、手とひざをついてしまいました。

クララベル姫以外の王女さまは三人とも、バランスよく丸太わたりをやりとげています。

走るのはおそく、高いところもこわい、スイングも、丸太わたりさえも……。

クララベル姫は、くちびるをかみました。

（みんなはかんたんにこなしているのに、わたしだけ……全部失敗なんて）

ほかの王女さまが、なんでもできるパーフェクトな女の子のように思えました。

（わたしって、できの悪い王女なのね……）

うつむくクララベル姫に気づいたのか、ユリア姫がやさしく声をかけます。

「わたしたち……みんな、
もっと練習しなくてはね」

もちろん、はげますつもりでいった、思いやりの言葉でしたが……。
(ううん、もっと練習が必要なのは〝みんな〟じゃないわ。〝わたしだけ〟よ)
すっかり落ちこんだクララベル姫は、いたたまれない気持ちでいっぱい。
体にけがはないのに、心は重く、ずんといたみます。
みんなといっしょにいて、悲しい気持ちになるなんて、はじめてのことでした。

3

お庭(にわ)のランチタイム

クララベル姫(ひめ)たちがお城(しろ)へもどると、中庭(なかにわ)でランチがはじまっていました。

デザートには、パイナップルにココナッツ、それはそれはたくさんのアイスクリームがならびます。

「姫君(ひめぎみ)、トッピングはいかがですか」

おどけた調子(ちょうし)で、チョコレートソースやジェリービーンズを持(も)ってきてくれたのは……。

春の舞踏会で、いっしょにおどった
オラフ王子たちでした！
お城のあるじであるティア女王も
レモネードはいかが、とほほえんで
います。

エンパリ島の
ティア女王
カラチア王国の
ジョージ王子
ラタスタン王国の
デニッシュ王子

「ユリア姫、ルル姫、ジャミンタ姫。手伝っていただきたいことがあるのです」

三人がティア女王から、ガーランドかざり用のお花つみ係に任命されました。

わたしだけ、たのまれないのね……と、しゅんとしたクララベル姫でしたが、

「クララベル姫。あなたは、貝がらをさがすのがじょうずよね。だからテーブルにかざる、おおきくて美しいまき貝を集めてきてくださる？」

女王は、クララベル姫の得意なことをおぼえていてくれたのです！

ザザーッ　サワサワサワ　ザザーッ　サワサワ……。
波がやさしくよせてはかえし、空にはカモメが輪になってとんでいます。

手にさげたバスケットは、すでに砂はまでひろったまき貝でいっぱい。
クララベル姫は、貝のひとつを耳にあててみます。
深い海のささやきのような、心地よい音にひたっていると……、

ギィイ　ギィイイイ…

どこからか、悲しい曲のような、低く長い音がきこえてきたのです。
クララベル姫は、かすかな音にみちびかれるように、砂の丘をのぼってみます。
すると、まるでガラスのようにすんだ、ターコイズブルーの水面がみえました。
ギィィィという音はどうやら、その近くからきこえてくるようです。

やってきたのは〝ラグーン〟とよばれる場所です。

沖の海とはちがい、波も静かでおだやか。

水面に、グレーの背びれがのぞいています。

あ、ビー玉のようなくりくりした目も……？

（もしかして〝イルカ〟なの？）

ふだん、寒いウィンテリア王国でくらしているクラベル姫は、まだほんもののイルカを知りません。

岸からよく観察していると、その動物は、体をけがしているようにみえました。

心配になったクララベル姫は、ドレスを着たまま
だというのに……ポチャン、と水へ入りました。

体を動かすことは、だいたいにが手ですが、泳ぎだけは得意なのです。

水の上に顔を出しながら進むクララベル姫のかたを、ツンツン、とつついてきたのは……やっぱりイルカ！

（とってもちいさいわ。まだ赤ちゃんなのね）

手をさしだすと、すべすべした体が、指の下をするっと通りすぎていきます。

うるうるの黒いひとみ、口はにっこり笑っているようにみえますが……赤ちゃんには、むなびれから尾びれまで、えぐれたような深いきずがあったのです。

「かわいそうに……いたいよね？　あなたのお母さまはいないの？」

イルカは、家族や仲間たちと、群れでくらす動物なのです。

それなのに……この赤ちゃんはひとりぼっち。

けがのせいでうまく泳げず、家族とはぐれてしまったのかもしれません。

少しの間、尾びれでシュッと水しぶきをあげて、あそんでいた赤ちゃんですが、
つかれたのか、尾びれをだらりとさげ、弱よわしい声を出します。

キュウウウ　ギィイイ…

クララベル姫は、赤ちゃんの背中をそっと、いたわるようにさすりました。

「けがの手あてができる人を、さがしてみるね。お魚も持ってくるわ」

そういって、岸へと泳ぎはじめたのですが……ツンツン。

赤ちゃんがとなりへきて、またかたをつつきます。

なんだか「ついてきて」と合図されたような気がしたクララベル姫は、赤ちゃんをおいかけ、下へ下へともぐっていきました。

（あら？）

水の底で、何かが光ったようです。

クララベル姫は、すうっと近づき、その光を両手ですくいあげました。

「パールだわ！」

赤ちゃんが、こちらをみつめています。

（わたしに、くれるの？）

クララベル姫が鼻をなでると、

うれしそうにくるっとまわります。

水面に顔を出したクララベル姫は、白いつやつやのパールを空へかざしました。

太陽にあてると、ほのかなにじ色にみえ、うっとりする美しさです。

仲よくなった動物にプレゼントをもらうなんて、はじめてのことだったので、クララベル姫は、特別な意味があるように思えました。

「ありがとう、赤ちゃん。かならずもどってくるから、待っててね」

お城へ向かうクララベル姫のドレスと髪が、夏の日ざしでかわいていきます。

砂の丘をくだり、ビーチの岩場のところを急いで走っていると……ドスン！

クララベル姫は何かとぶつかり、砂の上へたおれこんでしまいました。

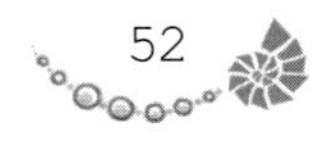

4 王子のたくらみ

おどろいたことに、ぶつかった相手は、岩場のかげでこそこそと何かをしていたサミュエル王子でした。

「なんだよ！　あっちいけよ！」

ぱっと立ちあがって背中にかくしたのは、おおきなシャベルのようです。

今ほったばかりらしい穴のまわりには、砂にまみれた、白くてまるいものがちらばっています。

（これは……ウミガメのたまごだわ！）

クララベル姫は、思わず王子をにらみました。

「だめよ！　たまごはそっとしておいてあげて。ここは、野生動物を保護するエリアなのよ」

「おせっかい姫が！　おまえに関係ないだろ」

どなられて、びくっと体がふるえます。

先ほどから王子は、ぶっきらぼうで、きげんの悪い、だだっ子のような口ぶりです。

大人のまえでのまじめそうな様子とは、まるで別人。

「サミュエル王子。この島では、野生動物をきずつけることは、禁じられているのよ。生まれてくるカメの、尊い命をうばわないで！」

言葉を選び、正しいことをつたえても、王子は鼻であしらうばかり。

「何をえらそうに。この島の法律やカメがどうだろうと、知るもんか！」

なんて身勝手で、わからずやなのでしょう。

（このまま、わたしひとりで説得するのは、むずかしいかもしれない……）

すぐにさとったクララベル姫は、さりげなく王子に背を向けます。

そして、右手の小指にネイルアートしたジュエル（宝石）に、ふれました。

（きんきゅうメッセージです。みんな、今すぐビーチへ集合してください！）

ユリア姫、ルル姫、ジャミンタ姫の顔を思いうかべ、心で強く強くとなえます。

ハートの形をしたそのジュエルは、実は魔法のパワーを持っていて、どんなにはなれていても、『ティアラ会』の仲間と心で交信することができるのです。

クララベル姫の青いサファイアから、ルル姫の黄色いトパーズ、ユリア姫の赤いルビー、ジャミンタ姫の緑のエメラルドへ……メッセージがとどきました！


すぐにかけつけた三人に、サミュエル王子は心底不思議そうな顔をしています。

「なんだよ！　おまえたちまで、どうして、ここへきたんだ？」

「ふふっ、なぜかしらね。それは、王女だけのひみつよ」

こしに手をあてて笑うルル姫のとなりで、クララベル姫は王子につめよります。

「わたしたち四人いれば、あなたの手と足を持って、とめることもできるのよ」

四人相手では、さすがに勝ちめがない……とあきらめたのか、サミュエル王子は不満そうにドスドスと足をふみならし、お城のほうへいってしまいました。

クララベル姫はほっとして、みんなと、カメのたまごをすべて穴へもどします。無事に赤ちゃんが生まれますように、と祈り、そっと砂をかぶせました。


お城へもどったクララベル姫は、ドレスについてしまった砂を、ていねいにはらいましたが、全部はきれいに落とせませんでした。そこへ……、

「あなたがた！　いったいどこへいっていたのです？」

階段からおりてきたのは、さけていた人……トルーディ王妃！

四人は、みつかっちゃった、と思いながらも、すましてごあいさつをします。

「さんざん、さがしたのですよ。まったく、王女らしい仕事もせずに……」

王妃は、チーズをきるナイフのような、するどい視線でにらんできます。

リープランド王国のトルーディ王妃

「お役に立てず、申しわけありません。陛下」

ていねいにおわびしましたが、王妃のいかりはおさまらないようです。

「まあ、クララベル姫。その砂だらけのドレスはなんですか！　わが国の王子にいやがらせをしたと、きいていますよ。これからは、みはっていますからね」

どうやら、ビーチでのことを根に持った王子が、うそのつげ口をしたようです。

「陛下。わたくしたちは、カメのたまごをあらした王子に注意をしただけです！」

「おだまりなさい！」

ルル姫は、ほんとうのことを説明してくれたのですが、王妃にはさからったようにきこえたのでしょう、きげんはますます悪くなるばかりです。

「善良な王子に罪を着せるなんて……ああ、おそろしい」

そこへタイミングをはかったように、サミュエル王子があらわれました。

「どうかされましたか、母上。姫君をしからないでやってください」

きれいな服に着がえ、やさしそうにして、とてもうそつきにはみえません。

けれど、王子がにやりとあやしく笑ったのを、四人はみのがしませんでした。

「王子は、何かたくらんでいる気がするわ。こっそり調べてみましょうか」

「さっきは野生動物を保護するエリアだってつたえても、ききもしなかったの」

「王子のお部屋をさぐれば、悪いことをする気があるかないか、わかるかも」

四人はクララベル姫のお部屋へ移動し、作戦を立てます。

王子のお部屋へ勝手に入るなんて、いけないことですが、『ティアラ会』として
カメやイルカたち野生動物を、サミュエル王子から守りたいのです。


クララベル姫は、だいじなことを思いだしました。

「そうだ、びっくりなお知らせよ！　わたし、赤ちゃんイルカに出会ったの」

赤ちゃんがひどいけがをしていたことや、お魚をあげて助けたいことを話し、

それから、赤ちゃんにもらったパールをみせました。

「まあ！　イルカがパールをくれるなんて」

「きっと、クララベル姫のことを気に入ったのね」

クララベル姫の話をきいた三人が、おどろいているところへ……ノックがして、ユリア姫のおつきの女性、アリーが入ってきました。

アリーは『ティアラ会』のひみつを知るただひとりの大人で、みんながたよりにしている、お姉さまのような存在です。

むかし、宝石事件を調べる〝ひみつそうさ員〟のお仕事をしていたので、いろいろなわざを教えてくれたり、こまったときに助けてくれることもあるのです。

アリーは、スイーツをみんなにくばりおえると、サミュエル王子のお部屋へしのびこむ作戦にアドバイスをくれました。
「王子のお部屋へいくなら、ろうかでみはる役と、にげ道の用意が重要ですね」
それをきいてユリア姫が、真っ先に口をひらきました。
「わたしがみはり役をするわ。先に王子のお部屋を調べて、そのあと、赤ちゃんイルカにお魚を持っていきましょう。ラグーンにいるなら、安全でしょうし」

「王子はさっき中庭へいったわ。今のうちにスパイ開始、レッツゴー！」

ルル姫たちが立ちあがりますが、クララベル姫の頭は、不安でいっぱい。

（まだ〝にげ道〟を考えてないわ。もっとしんちょうに準備しないと……）

そう思っていても、いいだせないまま、出発することになりました。

どんなことも軽がるとこなしていく三人のスピードとやる気を、こわがりで、行動のおそい自分が、じゃましてしまうような気がしたのです。


しのび足で王子のお部屋までいき、だれもいないのを確認してドアをあけます。

海(うみ)のみえる
バルコニー
書類(しょるい)や本(ほん)が
おいてある
つくえ
ゆったりした
ソファー

中をみわたすと、ソファーやつくえ、
おおきなクロゼットが目に入りました。
王子がもどってくるまでに、手わけし
て調査完りょうしなくてはなりません。
ルル姫が、つくえのひきだしをあけて、
中身をポンポンほうりなげはじめました。

「ルル姫。そんなにちらかしたら、だれかがお部屋に入ったとばれてしまうわ」

だいたんな調べかたに、はらはらしながら、クロゼットのひきだしをあけると。

ティッシュの箱があり、その下に、古ぼけた紙のはしがのぞいていました。

（もしかして、王子があのとき中庭で広げていたものでは……！）

ふちが黄ばんでぼろぼろになっている、その紙をひっぱりだしたときです。

バタンコンコンコン！

かべのクロゼットから、ノックしているような音が、きこえてきたのです！

5 だれかきた！

クララベル姫は、こおりつきました。

服をしまうクロゼットだと思っていた、とびらのひとつが、となりのお部屋へつながるドアになっていたのです。

（だれかくるわ！　急がなきゃ）

あわてて本や書類をひきだしにおしこみ、できるだけもとへもどします。

ドアのレバーが動き……**ガチャッ。**

わ！　もう、まにあいません！

「まあ、ぼうやったら！　お部屋ぐちゃぐちゃ」

トルーディ王妃の、ヒステリックな声がきこえました。

三人は、ドアが完全にひらくまえにベッドの下へもぐりこみ、ぎりぎりセーフ。

クララベル姫は頭をルル姫の足におされていますが、動くわけにはいきません。

まさかサミュエル王子とトルーディ王妃のお部屋が、となりどうしでつながっているなんて、考えがおよびませんでした。

さっき会ったとき、あんなにきげんの悪かった王妃が、愛するむすこのベッドの下に、王女たちがかくれていることを知ったら……どうなるでしょう。

パニックを起こして、お部屋をとびだし……そして、ティア女王やほかの王さまたちに、むちゃくちゃな報告をするかもしれません。

王妃の茶色いハイヒールが、ベッドのそばをいったりきたりするたび、クララベル姫は、みつかるのではないかと、ひやひやしました。

以前、アリーに教わった、とっておきのわざ「身をかくすときは、かくれた場所の一部になったつもりで気配を消すこと」を思いだし、集中しようとします。

そのとき、手の上を、何かがモソモソッと横ぎりました。

（き、きゃあああああああああああああああああああああ！）

クララベル姫は大声でさけびそうになって、あわてて口をおさえました。

目のまえを、気味の悪い、黒いクモが通っていったのです。

八本の長い足がすぐそばにあり……鳥はだが立って、気を失いそうです。

なりふりかまわずとびだしたいのですが、トルーディ王妃にみつかったら、自分だけでなくほかの三人まで、いっかんのおわりです。

いつもなら、とっくに泣きだしているところですが、なんとしても、たえなくてはなりません。

……ようやくクモがいなくなり、ほっとしたのもつかの間。

ビ～ンと、おおきな音がひびきわたりました。
今度はルル姫の足がベッドにあたり、マットレスの
ばねが鳴ってしまったのです。
王妃のハイヒールがピタッと立ちどまり、こちらへ
向きをかえて、カツカツと近づいてきます。
クラベル姫が、ぎゅうっと目をつぶったとき。

ひいぃぃ〜〜〜〜！

耳をつんざくような声で、トルーディ王妃が悲鳴をあげたのです！

「ク、ク、クモ！　クモが、わたくしのくつに～ぃ！」

先ほどのクモが、ハイヒールの上を、はいあがっているではありませんか！

王妃はスカートを持ちあげ、くるったようにろうかへとびだしていきました。

お部屋のドアがバタンとしまり……ふう、お気の毒ですが、助かりました。

クララベル姫たちはベッドの下から出て、急いであの古い紙を確かめます。

「エンパリ島の地図だわ……」

ジャミンタ姫が、つくえにあったメモ用紙へ地図をすばやく書きうつしている

と、ろうかにいたみはり役のユリア姫がドアをあけ、しぃっと合図をしたのです。

「トルーディ王妃とサミュエル王子が、ここへくるわ！」

ああ……絶体絶命、やっぱり最初に〝にげ道〟を考えておくべきでした。

クララベル姫は、とっさに頭をフル回転させて考えます。

「みんな！　バルコニーへ出て、屋根をつたってにげましょう」

まさか、高いところのにが手な自分が、こんなおそろしい提案をするなんて。

なるべく平気なふりで、下をみないように、屋根の上を進みますが……非常階段の手すりにしがみつくすがたを、ユリア姫に心配されてしまいました。


危機一髪でクララベル姫のお部屋へもどった四人は、先ほどのメモを広げます。

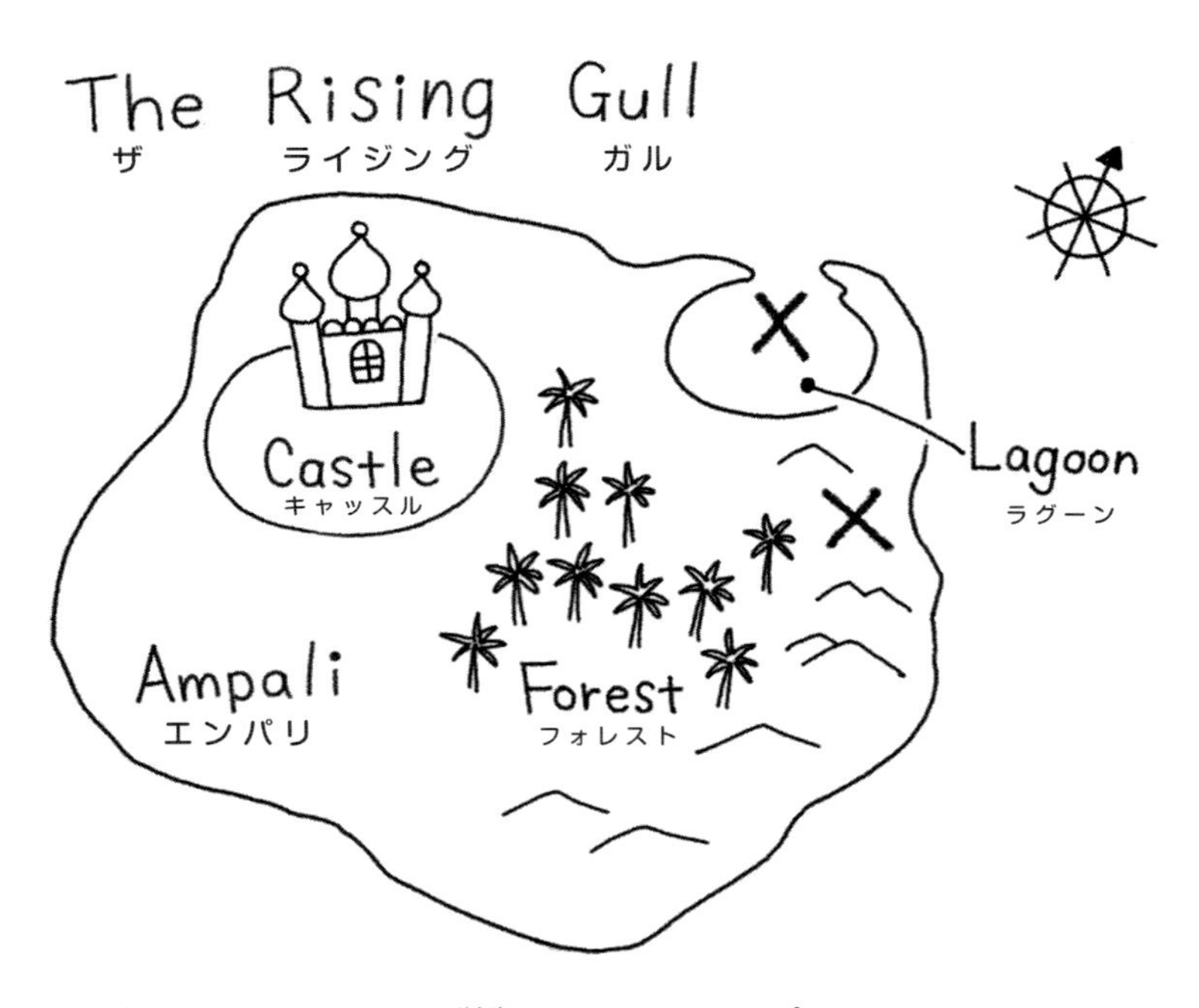

「ここに書いてあるRising Gull（まいあがるカモメ）って言葉、ききおぼえがあるわ！」

ユリア姫が、地図を指さします。

むかしアリーが話してくれた伝説に出てくる、ちんぼつ船の名前だというのです。

〝ライジング・ガル号〟は、たからものをつんだ船でした。

船のりたちは、そのたからものを、ある島へかくそうとやってきます。

けれど、無事に島にたからものをうめた、帰り道。

おおきなあらしがやってきて、海はあれくるい、船はしずんでしまいました。

それからというもの、たからものがどこにあるのか、世界じゅうの人がさがしてきましたが、わからないままなのです……。


クララベル姫のむねは、ドキドキと高鳴っていました。

たからものがかくされた〝ある島〟とは、エンパリ島のことかもしれません。

「ねえ、みて。✕じるしのひとつは、王子がビーチで穴をほっていた場所よ」

もし、地図のＸじるしのどちらかに、たからものがあるのだと考えたら……。
サミュエル王子が、カメのたまごをきずつけてまで、あの場所で穴をほってい
たり、クララベル姫をおいはらおうとしたのも、納得できます。
地図をかくしていたところをみると、母親のトルーディ王妃にもひみつにして
いる計画なのでしょう。
「もうひとつのＸじるしは……たいへん！　赤ちゃんイルカのラグーンだわ」
王子はきっと、次のＸじるしの場所にも向かうはず。
（けがをしたあの子がいるのに、王子が水の中で手あたりしだいに、たからさが
しをはじめたりしたら……）

クララベル姫たちは、赤ちゃんが無事か心配になり、走りだしました。

けれども、結局すぐにはラグーンへかけつけることができませんでした。

キッチンでコックさんからお魚をもらい、中庭を急いでいたとき。

「あなたがた。ちょっと手伝ってくださらない？」

ティア女王に、よびとめられてしまったのです。

お城のあるじのたのみは、絶対優先しなくてはなりません。

四人は、ビーチで集めた貝がらのチェックをし、お花のガーランドをしあげたあと、さらに、テーブルナプキンをスワンの形に折り、はなやかにならべました。

全部できたときにはすっかり日がくれて、もう、ディナーの時間です。

食事がおわると、ジョージ王子とデニッシュ王子はトランプをはじめ、オラフ王子は、王女さまたちに親しげに話しかけてきました。

でも、どうしたことか、サミュエル王子のすがただけ、みあたりません。

(もしかしてラグーンへいったのでは……赤ちゃんイルカがあぶないわ)

クララベル姫の心配がつたわったのか、ユリア姫が、そっと耳うちします。

「今からこっそりぬけだして、ラグーンの赤ちゃんにお魚をとどけましょう」

王女さまたちは、ようやく、お城をぬけだすことができました。

6 月夜のラグーン

クララベル姫は、月明かりをたよりに、三人をラグーンへつれていきます。

満月に照らされ、銀色に光るラグーンは、ロマンチックな名画のよう。

「あ、あそこにいるわ！」

王女さまたちは、ドレスの下に着ていた水着へ、さっと早がわり。

ルル姫たち三人が先に、赤ちゃんのほうへと泳いでいきます。

クララベル姫も、お魚を手に、水へ入りました。

ギイイ…　キュウウゥ…


赤ちゃんはつらそうな声を出し、尾びれをだらんとさげたまま、動きません。

「なんてひどいけが……きっと、スピードボートか何かにぶつかったんだわ」

ジャミンタ姫が赤ちゃんの横腹のきずをみて、おどろいています。

「ほら、いい子ね。お魚よ。おいしいから食べてみて？」

食事をして栄養をつければ、少しは元気になると思ったのに……口もとまでお魚をはこんでも、赤ちゃんは悲しそうな目でみつめるばかりです。

「食べられないんじゃ、よくならないわ……どうしたらいいの」

「アリーが調べてくれたけど、この島に、動物のお医者さまはいないらしいわ」

ユリア姫の言葉に、これ以上、うつ手はないように思えました。

でも……クララベル姫は、ぐっとなみだをこらえ、みんなに声をかけます。

「わたしたちで助けましょう。ジャミンタ姫、ジュエルの力をかしてくれる?」


少しはなれた場所にいたルル姫が、手をふってみんなをよびました。

「あそこをみて！　サミュエル王子よ。すぐにおいかけましょう！」

こんな夜にシャベルを持ち、ひとりでうろついているなんて、あやしげです。

王子がたからものをひとりじめしないようにみはる、チャンスかもしれませんが……今は、赤ちゃんの手あてを、あとまわしにしたくはありませんでした。

「あの子のことを先に…」

クララベル姫は自分の気持ちをつたえようとしますが、

「ねえ、急がないと！　まず、わたしが背を低くして進むから、ついてきて！」

王子をおうことにまっしぐらなルル姫に、さえぎられてしまいました。

トクン　トクン……心ぞうの音が、はやくなっていきます。

運動神経ばつぐんで、なんでもできるルル姫、ユリア姫、ジャミンタ姫。

自分が、三人の足をひっぱっていることは、よくわかっているけれども。

「まちがっているわ！」

クララベル姫は、そうさけぶと、あふれでる気持ちをはきだします。

「王子のたくらみをさぐっていて、ラグーンへくるのがおそくなった。その間にさっきより具合が悪くなってしまったわ……あの子を優先すべきだったのよ！」

ユリア姫が背中をポンポンとしてくれたおかげで、少し落ちついてきます。

「……今はなにより、あの子の命をすくいたいの。きずついた動物がいたら、力をつくして守る……それが『ティアラ会』のはずでしょう？」

おそるおそるルル姫の反応をみると……おどろいた顔をしていましたが、

「クララベル姫のいうとおりね！　王子のたくらみなんかより、赤ちゃんイルカのほうがずっと大切。だいじなことなのに、みえなくなっていたわ」

さすが、ジュエルの約束で結ばれた『ティアラ会』の王女さま。

自分とちがう意見でも、正しいことはみとめ、協力しあうのです！

「一度お城へもどって、ジュエルで赤ちゃんを助ける方法を考えましょう」

四人は急いでドレスを着て、ラグーンをあとにしました。

そのまま、ジャスミンタ姫のお部屋へいくと、ジュエルの加工に使う道具が、ならんでいました。

春の舞踏会のとき、魔法のダイヤモンドをつくってシカをすくったように、何かジュエルを加工すれば、イルカをすくう方法がみつかるかもしれません。

「動物や植物のきずをいやして、回復させるようなパワーを持つジュエルを、めざしてみるわ」

ジャスミンタ姫が、クララベル姫のブレスレットのサファイアをかりて、チーゼルでけずりました。

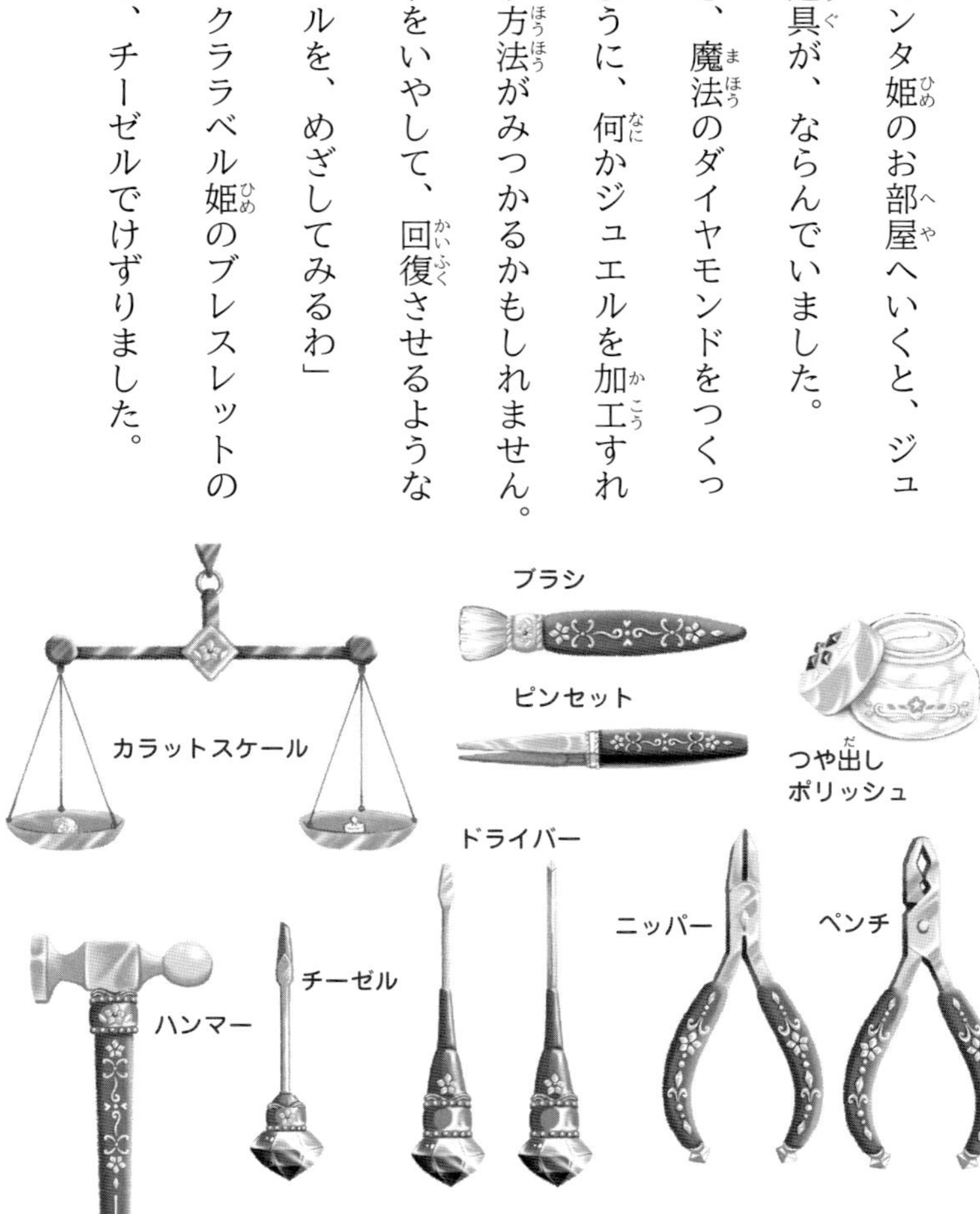

そして、くたっと元気のない葉っぱのそばにおいて、パワーをためします。うまくいきますように……と願いますが、葉っぱは回復せず、魔法のジュエルづくりは成功しないまま、時間だけがどんどんすぎていきました。

よく朝、つかれきっている四人のところへ、アリーが、ミルクシェイクとチェリーマフィンを持ってあらわれました。

「きょうはこれから、ひどいあらしになるそうですよ。むかし、伝説の〝ライジング・ガル号〟を、ちんぼつさせたほどのね」

アリーに、イルカを助ける方法を知らないか、たずねてみると、

「そうですね……海の動物には〝海のジュエル〟がきくかもしれません」

そのとたん、クララベル姫の頭に、ぱあっと希望の光がさしこみました。

「〝海のジュエル〟ならあるわ。あのパールよ！」

パールは、〝人魚のなみだ〟ともよばれ、貝の中にできるジュエルなのです。

急いで自分のお部屋へパールをとりにいくと……不思議なことが起きました。

キュウウゥゥ…と、パールから、かすかな音がきこえてきたのです！

7 不思議なパール

音にあわせ、フルルルッと、ふるえのようなしげきもつたわってきます。
そして、パールは、だんだんとあたたかくなっていったのです。

ギィイ……　キュウウゥ……

また、悲しげな音がきこえてきて、むねがぎゅうっとしめつけられました。
まちがいありません、この音は……。

「あの子の声だわ！」

クララベル姫は、無我夢中で、みんなへ知らせにいきました。

「すぐに、ラグーンへいきましょう！　あの子が、よんでいるの！」

何が起きたのか理解していないみんなは、とまどった顔をしています。

「くわしいことは、あとで話すわ。とにかく、あの子がこまっているの！」

赤ちゃんを、一分でも一秒でもはやく助けたいクララベル姫にとって、今は説明している時間さえ、もどかしく感じました。

「落ちついて。そのパールを、クララベル姫のサファイアのブレスレットに、つなげておきましょう。加工しておけば、何かパワーを発揮するかもしれないわ」

ジャミンタ姫が、あざやかな手つきで金具を曲げ、パールをつけてみがきます。

まどの外は、黒い雨雲が立ちこめていました。

今にも、あらしがふきあれそうです。

「さあ急ぎましょう！　助けをもとめている赤ちゃんイルカのところへ！」

クララベル姫は、ブレスレットをつけると、みんなとお城をとびだしました。

強い風が、ゴウゴウとうなっています。
あらしの日にお城の外へ出るなんて、とても危険なことですが、王女さまたちは、赤ちゃんを助けたい一心で、ビーチをかけぬけます。

キュウウゥゥ…　ギイイ…

パールから悲しそうな声がきこえ、クララベル姫は走るスピードをあげました。
ラグーンへ向かう砂の丘には、もうすでに、だれかの足あとがついています。
（こんなひどい天気の中、わざわざラグーンへいく人が、ほかにもいるなんて）
クララベル姫は、むなさわぎがしました。

先ほど通りすがりに、トルーディ王妃が話しているのをきいてしまったのです。

「……ティア女王。むすこのサミュエルったらね、朝はやくから漁師のあみをかりて、漁を学びにいっておりますの。とても勉強熱心でしょう？　ほほほほ……」


ラグーンでは、ターコイズブルーだった水が、にごった色にかわっていました。

「赤ちゃんは、どこ？」

とがった波の立つ、おそろしい水面に目をこらしましたが、すべすべでかわいらしいグレーの鼻や背びれは、どこにもみあたりません。

かわりに目に入ったのは、岸べでバタバタと砂をけちらしている人かげ……。

サミュエル王子(おうじ)です！

魚(さかな)のあみがこんがらがり、いらいらしているようです。

「赤(あか)ちゃんイルカはどこ？」

クララベル姫(ひめ)がつめよると、

「あのイルカめ、勝手(かって)にあみにからまって、ぼくを水中(すいちゅう)へひきずりこみやがった。おかげでびしょびしょだ、チッ」

サミュエル王子は、いまいましそうにつぶやき、顔をゆがめています。でも、

「勝手にからまったなんて、うそよ」

王子が何かしないかぎり、赤ちゃんがあみにからまることはないでしょう。

「ほんとうは、そのあみでラグーンの中をひっかきまわして〃ライジング・ガル号〃のたからものを、すくいあげようとしていたのよね？」

王女さまたちにずばりいいあてられた王子は、顔が真っ赤になりました。

「うるさい！　たからもののことをどうして知っている？　おまえたちになんか、ひとつもあげないからな！　ぼくがさがしあてるんだ、全部ぼくのだ！」

ほら、やっぱり！　漁の勉強だなんて母親にはうまくうそをついて……。

こっそり、エンパリ島のたからものをひとりじめしようとしていたのです！

「わたしたち、たからもののためにここへきたんじゃないわ。けがをしている赤ちゃんイルカを助けにきたのよ。ねえ、あの子は、どこにいるの？」

「知るか！　あらしがきそうなのに、これ以上おまえたちと話していたくない」

クララベル姫がたずねても、王子は無視して、お城へもどろうとします。

「こたえて。あの子は、あみにからまって、それからどうなったの！」

走りよって問いつめると、王子はしぶしぶ、暗い沖のほうを指さしました。

「あっちへ泳いでいったさ。沖の仲間のところにもどったんだろ」

いいえ。パニックになり、とにかくラグーンからにげようとしたのでしょう。

けがをして、ひとりぼっちで、死にそうにくるしいときに、よりによって人間が漁をするためのあみがふってくるなんて……！

赤ちゃんのショックを想像し、クララベル姫は、むねがはりさけそうでした。

（もっとはやくここへきていれば……王子をとめられたのに！）

沖のほうへ目をこらしますが、赤ちゃんのすがたはどこにもありません。


いよいよ、雨が強くふりだして、四人の顔をはげしくうちつけます。

赤ちゃんは、最悪のタイミングで、沖へとびだしてしまいました。

あのけがでは、あらしのふきあれる海で、うまく泳ぐこともできないでしょう。

ピカッ

ゴロゴロ…

ドッカーン！

まるで天をひきさくかのようにいなずまが光り、
かみなりがものすごい音でとどろいて、大地がゆれました。

キユウウ……ギイイ…キユウウゥ…

パールから、助けをもとめるような、弱よわしい声がきこえますが、

「こんなあらしじゃ……あの子がどこにいるかすら、わからない」

クララベル姫はしゃがみこみ、両手で顔をおおいました。

「だいじょうぶ。わたしたちで沖へ出て、みつけよう！」

思いがけないルル姫の言葉にはっとしていると、今度はユリア姫が、

「手こぎボートを使えば、あらしの中でも進めるかも。

わたしの国のボートが向こうにとめてあるわ。いきましょう！」

こうして、勇かんな王女さまたちは、ちいさな赤いボートへ
のりこむと、オールを持ち、あれくるった海へとこぎだしたのです。

クララベル姫は、パールを近くへよせて、耳をよくすませます。

ギィイ… キュウウゥゥ…


雨や波しぶきと戦いながら、音がよんでいるほうへ進んでいくと……。

ついに、さがしていたグレーの体が、波の間にちらりとみえたのです。

「赤ちゃ〜ん！ このボートについてきてぇ！」

クララベル姫は、かみなりの音にかきけされてしまわないよう、声をはりあげました。

8 あらしの海で

赤ちゃんイルカはぐったりしているようで、反応がありません。

ちいさな体が、はげしい波にもまれて……もう、泳ぐ力すら残っていないのです。

「いっしょに泳いであげましょうよ」

王女さまたちは赤ちゃんが、とがった岩にぶつからないよう、ラグーンまでもどる手助けをすることにしました。

「わたしにまかせて！　体力には、自信があるの」

風の音に負けない声で、ルル姫がさけびましたが……、

「ううん、ルル姫。わたしが、いくわ！」

クララベル姫は、すぐにさけびかえしました。

（イルカはたしか、とてもきおく力がいい動物のはずよ。もし、ラグーンで、わたしと泳いだことをおぼえていれば……きっと、ついてきてくれる！）

ユリア姫とジャミンタ姫が心配そうにさけびます。

「本気なの？　こんなに波が高いあらしの中よ」「とっても危険なのよ！」

目のまえに広がる海には、暗い山のような波が、待ちかまえていました。

飲みこまれてしまったら、命を落とすかもしれないのです。

クララベル姫は、だいじなパールのブレスレットがはずれないように、手首にきつくまきつけました。

きんちょうで、手が、ぶるぶるふるえていますが、

（だいじょうぶ。絶対にできるわ……！）

自分に、いいきかせます。

はげしい風の中、すっくと立ちあがりました。

そして……。

「わたし、いくわ！
あの子がわたしを
必要としている
から」

そういうと、ジャミンタ姫がボートにくくりつけてくれた
ロープをにぎり、真っ暗なあらしの海へ、とびこんだのです。

ゴウゴウとうずまく水の中、
流れにもまれている
赤ちゃんイルカのすがたが
みえました。

（もうこわくないよ。
わたしがいっしょだからね）
クララベル姫は、心でよびかけながら、
赤ちゃんの背中をやさしくさすります。

そして、
赤ちゃんをだきかかえると
水の上にうかびあがったのです。
波や風におしやられるたび
息がくるしくなりますが、
負けるわけにはいきません。

泳ぎはもともと得意だったクララベル姫ですが、こんなにもはげしいあらしの海を泳ぐのは、もちろんはじめてです。

ぐったりしている赤ちゃんイルカを片手でだきかかえ、岩にぶつからないように進路をとるのは、想像した以上に、たいへんなことでした。

次つぎにやってくる波にもまれ、水にしずみそうになります。

赤ちゃんはおびえたようにひとみをひらき、こちらをみつめています。

どんどん具合が悪くなっている様子で、クララベル姫は気が気ではありません。

「ゴホッ、お願い……急いで！」

海水を飲みそうになりながら、ボートのみんなに声をかけると、

「わかってる！　ロープをはなさないでね」

強くなる雨の中、必死にオールを動かすルル姫たちがみえました。

クララベル姫は力つきそうな赤ちゃんに声をかけ、はげましつづけます。

「岸まであと少しよ……がんばって！」


やがて、雨が小ぶりになり……あらしはようやく、おさまりました。

たどりついたラグーンの水の色が、ターコイズブルーにもどっていきます。

ボートの三人も水へとびこみ、クララベル姫のそばへやってきました。

あらしの海から、赤ちゃんイルカを無事にすくいだしたのです！

でも悲しいことに……声をかけても、赤ちゃんは全然反応がありません。

波のおだやかなラグーンにいるのに、ほんの少し鼻を水面へあげるくらいで、とだえてしまいそうなほど、浅い呼吸をしています。

「しっかりして……生きるのよ！」

はげしいあらしとの戦いで、命をすりへらしてしまった赤ちゃん。

クララベル姫は、ぽろぽろこぼれるなみだをとめられません。

この子を助けるには、どうすればいいのでしょう。

今できることは何か、クララベル姫たちは、一生けんめい考えます。

9 パールに願いを

ジャミンタ姫が、思いだしました。

「パールがあるじゃない！ さっき加工したから、パワーを発揮するかも」

クララベル姫は、急いでブレスレットをはずし、きずへとかざします。

すると、サファイアとパールが、赤ちゃんの呼吸にあわせ、きらっきらっと光を点めつしはじめたのです！

（やったわ！ うまくいくかしら……）

すがるようにパールをみつめますが……そううまくはいかないものです。
いくら待っても、赤ちゃんの具合は、いっこうによくなりませんでした。

（ただぼんやりと、パールが何かしてくれるのを待つだけじゃ、だめなんだわ）
クララベル姫は、うつむいていた顔をあげました。
なみだをぬぐうと、パールに静かに語りかけます。
「お願い、この子のきずをなおして、もう一度泳げるようにしてあげたいの」
手の上のパールに、赤ちゃんのきずをちりょうするパワーがあるかどうかも、
まだわからないままですが……。

それでも今は、海のジュエルの可能性にかけてみよう、と心を決めます。
「お願い、この子がひとりぼっちでかかえているつらさやくるしみから、すくいたいの……できることはなんでもするわ！」
その顔はもう、泣き虫のか弱い王女さまではありませんでした。

「だからお願い、力をかして……！」

心の中で、強い強い望みが最高にふくらんだ、そのときです。

ぱあああ……っ。

パールがひときわ明るく、白い光をはなったのです！

「お願い、もう一度元気になれるように力をかして……お願いよ！」

くりかえすクララベルの声にこたえるように、ふわふわ ふわりふわり……。

白いあわがパールからあふれはじめました。

おどろく王女さまたちの目のまえで、あわは、シャボンのようにブクブクブクブクと赤ちゃんの体をつつみこんでいきます。

キュウウウ…

赤ちゃんのかすかな声がしたかと思うと、次のしゅんかん……バシャン！

しっぽが、勢いよく水面にうちつけられました。

「みて。赤ちゃんのきずがなおっていくわ！」

それはまさに、魔法でした。

深くえぐれていたきずがみるみるうちに、あとかたもなく消えていったのです。

「クララベル姫の願いが、パールにとどいたのね……」

ユリア姫がそっと、背中をささえてくれました。


沖のほうから、キィキィとかん高い音が、たくさんきこえてきました。

ザブン　ザブーンと、水しぶきがあがります。

大人のイルカたちがやってきたのです！

気づくと、そばにいたはずの赤ちゃんも大人たちのまねをして、バッシャーンとはねています。

「もしかして、あなたのお母さまや仲間たち？」

赤ちゃんのきずが、あっというまになおっただけでも信じられないのに、このタイミングで、イルカの仲間たちがむかえにくるなんて……！

クララベル姫は、目のまえに広がる光景を、奇跡をみるようにながめます。

「ねえ、これってすごいことよね？」

「よかった。何もかもうまくいったわ！」

ルル姫とユリア姫は、おおきなイルカにさそわれて、その背びれにつかまり、ラグーンをすうっと横ぎって、あそびはじめました。

ジャミンタ姫がふざけて、パシャッと水をかけてきます。

「クララベル姫。あなたが、パールの新しいパワーをめざめさせたのよ」

赤ちゃんは、黒いビー玉のような目をくるりと動かすと、クララベル姫たちに鼻をこすりつけにやってきました。

もうすっかり元気です。

最初はとりみだして、なみだをうかべるばかりだったクララベル姫……。

でも、やがて自分をとりもどし、心からの強い気持ちをつたえたとき。

パールは、その望みをうけとり、願いごとをかなえてくれたのでした。


すいすい泳いでいた赤ちゃんイルカが、下へもぐっていきます。

おや？　深くもぐったかと思えば、水面へあがったり。

何か合図しているみたいです。

「どうしたの？　……いっしょにきてっていってるの？」

クララベル姫が、気になっておいかけてみると、ラグーンの底に……。

古いたからばこがあったのです！

（これは……まさか〝ライジング・ガル号〟のたからもの？）

おそらく、そうでしょう。

ふたやひきだしがむぞうさにあき、金貨やアクセサリー、ジュエルがあふれて、ちらばっています。

そして、そのきらめきが、あたりの水を金色にかがやかせていました。

やはり、ライジング・ガル号の伝説の島は、エンパリ島だったのです。はるか遠いむかしに消えたはずのたからものは、ラグーンの底で、静かにねむっていました。

「ここにあったのね……。あなたがみつけるなんて」

クララベル姫は、赤ちゃんの鼻をやさしくなでました。

たからもののことは、島をおさめるティア女王に報告するのが正しいでしょう。

今まで、赤ちゃんを助けることに心をつくしてきた、クララベル姫たち。

その先に、ロマンチックな大発見があるなんて……うれしいめぐりあわせです。


やがて、イルカの群れが、ラグーンを旅立つときがやってきました。

「おしあわせにね、赤ちゃん」

ジャンプしながら泳いでいく、赤ちゃんのすがたが、水平線の向こうにみえなくなるまで、四人はずっとずっと、手をふりつづけたのでした。

10 ロイヤル・レガッタ

よく朝は、すっきりとはれました。

真っ青な空に、白い雲……きょうはいよいよ、ロイヤル・レガッタのレース大会がひらかれる日なのです。

クララベル姫たちは、たからばこを手おし車にのせ、中庭へと向かいます。

各国の王さまたちに、あいさつしていたティア女王が、こちらに気がつき、おどろいた顔で近づいてきました。

「……まあ、〝ライジング・ガル号〟のたからもの？　長い間、どんなにさがしてもわからなかったのに……あなたがたがみつけてくださったの？」

クララベル姫は、きちんとひざを曲げ、うやうやしくおじぎをしました。

「陛下。わたくしたちは、このたからものをイルカのみちびきにより、ラグーンの底で発見いたしました。どうぞ、おうけとりください」

またとない大発見に、王さまや王妃さまたちから、はく手がわきおこります。

そのかっさいの中、別のさけび声をあげているのは……サミュエル王子です。

「お待ちください、陛下！　そのたからものをさがしていたのは、わたしです。

王女たちに横どりされなければ、わたしのコレクションになるはずだったのに」

ティア女王のまゆが、ぴくっとあがりました。

「……では、わたくしの部屋に許可なく入り、書だなから、エンパリ島のだいじな地図を持ちだしたのは……サミュエル王子、あなたなのですね？」

きびしい顔でにらまれた王子は、うそをつきました。

「地図？　地図なんて知りません。王女たちが持ちだしたのではないですか？」

みんなのまえで指をさされ、クララベル姫たちは、やってもいない罪のぬれぎぬを着せられそうです。

でも、そのとき……

バサバサ
バサ！

青いつばさのオウムが勢いよくとんできて、王子のかたにとまりました。

うっひゃあぁぁぁぁぁっ

動物ぎらいの王子が、またまた、なさけない悲鳴をあげてひっくりかえると、ポケットから、ぽろっと、あの古い地図が落ちたのです。

「……やはり、あなただったのですね、サミュエル王子！」

女王のお部屋から大切な地図をぬすみだしたうえに、むやみに動物をきずつけたり、うそをついて自分の罪を他人のせいにしたり……。

その心のおろかさから、王子は罰をうけることになりました。

ティア女王から、動物の小屋のそうじとえさやりを命じられると、王子はふきげんそうにほおをふくらませ、大またでにげるようにさっていきました。

母親であるトルーディ王妃は、自分のむすこが罪をおかしたのに、まるで一方的に悪者にされたかのようにわめきながら、王子のあとをおいかけていきます。

クララベル姫は、次に会うとき、サミュエル王子がほんの少しでも、動物や自分たち王女にやさしくなっていたらいいのに、と思いながらみおくりました。


ドーン、と合図の花火がうちあがり、ロイヤル・レガッタのはじまりです。

このレガッタは、世界じゅうの国から集まった選手が、マスト（柱）にセール（帆）をはった船で、はやさを競いあう競技です。
港は活気づいていて、お祭りのよう。
ターコイズブルーの海が、太陽の光にきらきらとかがやき、色あざやかなセールがたくさん、風にはためいています。
「3、2、1、ゴー！」

　スピーカーからスタートの号令がきこえ、船がいっせいに進みはじめました。
　観戦席からわっと、声えんがあがります。
　クララベル姫は、ルル姫たち三人といっしょに、海がみわたせる小高い場所から、レースをみまもっていました。
　さわやかな風にゆれているドレスは、この行事のために特別にあつらえたものです。

金色のロングヘアを
海からの風に
ゆらして
すきとおった
ブルーの
サファイアが
ティアラを
かざっているの
Clarabel
クララベル姫
小指のネイルは
かがやく
ブルーの
サファイア
美しい
ビーチにはえる
波のような
フリル
手ぶくろを
つけて
きちんと正装
海の精
みたいな
明るいブルー
足まで
かくれる
ロング丈
すそには
ピンクを重ねて
海底のサンゴを
イメージ

お友だちにえんりょしすぎないこともだいじと学んだわ
強い日ざしに気をつけなさいって、お母さまにいわれているの

Yuria ユリア姫

はなやかに巻いた髪

ロイヤル・レガッタにふさわしい上質なシルクの布

明るい笑顔によく似合うピンク色

エレガントなお花がいっぱい

だいたんな性格にぴったりのデザイン

つややかに
お手入れされた
おしとやかな
ロングヘア
オニカ王国の
クリスタルを
かざって
しお風をふわっとまとう
やさしいシルエット
かしこい
イメージの
ダークグリーン
Jaminta
ジャミンタ姫

「ねえ、もっと近づいて、はく力のレースをみてみない？」

楽しいことを次つぎに思いつく王女さまたちは、そばにいたクラベル姫のお母さまに、手こぎボートで沖へ出ていいかどうか、たずねました。

「ボートにのってもいいけれど、くれぐれも安全にね。海がどんなにゆだんならないか、あなたたちよく知らないでしょう？　ちいさなボートをこいで進むには、とても力が必要なの……波がおだやかでも、かんたんではないわ」

やさしいお母さまは、心配そうにブルーの美しいひとみをゆらしています。

ウィンテリア王国の王女さまとして、大切に育てられてきたクラベル姫は、あぶないことや、たいへんなことからは、なるべく遠ざけられてきたのです。

「はい、お母さま。みんなで気をつけてこぐようにします」

きちんとお返事したけれど、なんだかおかしくてクスクス笑いだしそうでした。

こんなにいいお天気の海へ出るのさえ、とても心配されるのに、きのうのあらしの海へ、ボートで出ていったなんて……。

深く暗い海にただひとり、とびこんで、赤ちゃんイルカをすくったなんて……。

（もしもお母さまが知ったら、きっと心ぞうがとまってしまうわ！）


クララベル姫が息をきらしながら、ボートのりばへと走っていくと、ユリア姫とジャミンタ姫が、もうボートにすわって、手をふっているのがみえました。

走るのがはやい三人は、とっくに、ボートのりばへ着いていたのです。

ようやく、クララベル姫が到着したとき……。

くるりんっ！

目のまえでルル姫が宙がえりして、そのままぴょん、とボートへのりこむ、すごいわざを決めました。

おめかししたドレスすがたをくずさないまま、軽がると宙がえりをこなし、波にゆれるボートへ、パーフェクトにおりたつなんて！

（ルル姫ったら、なんてかっこいい王女さまなの！）

11 自分だけの〝自信〟

「わたしも、そんなふうに宙がえりができたらいいのに……」

クララベル姫は、うらやましくて、ため息をつきました。

「ティアラ会の王女なのに、わたしだけ、走るのはおそいし、ロープも丸太も木のぼりも、にが手なんてね……」

きゅっとくちびるをかんだとき、ルル姫が、目をまるくしていいました。

「クララベル姫。あなたって、自分がどんなにすごい女の子か知らないのね！」

おどろいていると、三人の王女さまたちが、笑いかけてきます。

「赤ちゃんイルカのために、あらしの海へとびこんだのは、だあれ？」

「パールからとどく赤ちゃんの声をきけたのは、だれだっけ？」

「赤ちゃんのけがに気づき、パールできずをなおして、元気にしたわ。それってクララベル姫だけの、すごい才能よ！」

みんなのまっすぐな言葉が、クララベル姫のむねにひびきわたりました。

（……わたしにも、みんなにはない、自分だけの〝得意〟があるってこと？）

青いひとみが、すみきった海のように、明るくかがやきだします。

たしかに、走るのはおそいし、高いところはこわいし、バランスをとるのだってうまくありません。

お友だちのようにできないことは、きっと、まだまだほかにもあるでしょう。

けれど、すくいをもとめる動物に気づいたり、きずついた相手のいたみをやわらげたり、くるしみをいやせるのは……四人の中で、クララベル姫だけなのです。

「宙がえりなら、いつでも教えるからね！」
ルル姫のウインクに、クララベル姫は、ちいさくうなずきました。
みんなとくらべて、できないことがあったとしても……もう、くよくよしない。

だれにだって、〝にが手〟なことはあるものなのです。
もしもこの先また、人よりできないことにぶつかったら……。
おなじ数だけ〝自信〟を持てることをさがして、むねをはればいい。
……これが、かわいくて、かしこくて、勇気ある女の子が、
ふきあれる、あらしの海を泳ぎきった末にたどりついた、すてきなゴールです。

キー！

向こうから、青いつばさのオウムがとんできて、かたにとまります。
クララベル姫はそのくちばしをやさしくなでると、海をみつめました。

レースの、いちばん最後を走る船が、白い波を立てて通りすぎていきます。
(だれかとくらべて悲しむより……わたしは自分にできることをがんばろう)
クララベル姫は、その船に向かい、おおきな声えんをおくったのでした。

さて。「南の島のラグーン」でのお話は、これでおしまい。
ユリア姫の妹のナッティ姫や、そのお友だちなど、
『ティアラ会』には、大かつやくする王女さまがたくさんいるのですが……。
そのお話はまた、いつかのお楽しみに。

もう
うつむいたり
しないわ。

自分だけの
〝自信〟を
みつけたから。

Princess of Tiara

ティアラ会 おまけ報告
お話でしょうかいしきれなかったうら話を、あれこれレポートします。
黄色いハイビスカスをつんで
たくさんつないだのよ →
ディナーの
かざりつけを
お手伝い♪
トロピカル
フラワーで
ガーランドづくり
中庭でのお食事を、はなやかに
するお手伝いは、やりがいがありました！
ビーチで集めた
貝がらをテーブルに
Jaminta
Lulu
Yuria
Clarabel
ガラスのうつわに
入れたり、
名前のふだに
使ったの
←
ティア女王に教わった
ナプキンのスワン折り
中心へ２回
折ったら
頭とつばさを
つくったり
して…
できあがったら
お皿へ！
ティーポットには
キュートなカバー
← トルーディ王妃は、わたしたちにこの
ティーコージーを編むお仕事を
命令したかったんですって

ライジング・ガル号のたからものは…

イルカやカメなど、野生動物がすごす海を守る活動の資金として、使われることになったのよ。

サミュエル王子がおびえていたオウム

朝食のアプリコットブレッドをあげたり、とんできてかたにとまったり、わたしとは仲よしなのよ。

ウィンテリア王国は雪におおわれた国

わたしがくらしている国は、１年じゅう雪がつもっていて、とっても寒いから、あたたかで太陽の光いっぱいのエンパリ島へいくのが、いつもすごく待ちどおしいの。

原作：ポーラ・ハリソン
イギリスの人気児童書作家。小学校の教師をつとめたのち、作家デビュー。
本書の原作である「THE RESCUE PRINCESSES」シリーズは、
イギリス、アメリカ、イスラエルほか、世界で130万部を超えるシリーズとなった。
教師の経験を生かし、学校での講演やワークショップも、精力的にとりくんでいる。

王女さまのお手紙つき
南の島の願いごとパール

2016年4月19日　第1刷発行　　2017年9月18日　第4刷発行

原作　ポーラ・ハリソン
企画・構成　チーム151E☆
絵　ajico　中島万璃

翻訳協力　池田 光
作画指導・下絵　中島万璃
編集協力　池田 光
石田抄子
谷口晶美

発行人　川田夏子
編集人　小方桂子
編集担当　北川美映
発行所　株式会社 学研プラス
〒141-8415　東京都品川区西五反田2-11-8
印刷所　図書印刷 株式会社　サンエーカガク印刷 株式会社

この本に関する各種お問い合わせ先
【電話の場合】
●編集内容については　TEL.03-6431-1465（編集部直通）
●在庫・不良品（落丁、乱丁）については　TEL.03-6431-1197（販売部直通）
【文書の場合】
〒141-8418　東京都品川区西五反田2-11-8　学研お客様センター『王女さまのお手紙つき』係

この本以外の学研商品に関するお問い合わせは下記まで。
TEL.03-6431-1002（学研お客様センター）

学研グループの書籍・雑誌についての新刊情報・詳細情報は、下記をご覧ください。
学研出版サイト　http://hon.gakken.jp/